AF229847

Ideas (des)ordenadas

Karol Valbuena

La Pereza Ediciones

Ideas (des)ordenadas

ISBN: 9781623751678

Ideas (des)ordenadas

Karol Valbuena

Gracias a la infinitud,
Por dejarme ser

Ideas (Des)ordenadas

Imagina un río sin corriente, el cielo sin nubes,
un musical sin instrumentos,
un recién nacido sin inocencia,
el amor sin caricias,
un beso sin lengua,
el sexo sin pasión y un poeta sin versos.

Imagina un cigarrillo sin humo,
un árbol sin hojas,
un procedimiento sin objetivos,
un payaso triste y el sentido vacío.
Imagina la muerte sin vida.
Imagina morir…

Y revivir escribiendo poesía.

Hola

(Porque así comienzan todas las historias).
Y toda la poesía que nace inspirándose en personas
que siguen,
que dejan recuerdos eternos
y fotografías exactas de los lugares.

Historias que perduran
y no acaban...
-Como los días y los besos de los que hablaba Salinas,
esos que no acaban donde dicen-.

Historias vacías
o llenas de luz
llenas de tu verdad que alguna vez fue mía
pero ya no queda más.

Inestables,
frágiles
que perduran
y con recuerdos
jamás acabarán.

La culpa es de la lluvia por caer así
por llegar con sus tormentas
su brisa
y sus ruidos.

-Que se sintonizan contigo, abrazan tu alma
y sonríen por tus suspiros-.
Escuché una vez que el deseo enciende el alma.
¿Será que te llamas deseo y no lluvia?

Que me enciendes,
al llegar así...

Me cubres de nostalgia y me bañas,
con palabras.

Puta, poesía

Ocupas cada una de las horas
que conforman mis noches
te vuelves protagonista de mi insomnio
te mueves en el espacio
y lentamente
vas acercándote a mí
me tientas
me embriagas
me invades
engañas cada uno de mis miedos
te enfrentas con mi verdad
conversas con mis sueños
y le cantas a mis logros.

Robas
uno a uno
todos mis versos
los ocupas
al llegar
(desde el comienzo hasta el final).
Subes y recorres cada célula
que me conforma
Entras
y te quedas
-justo lo que dura un poema-.

Me rompes
me hieres
me sanas
me quieres.

Puta, poesía.

Que no me pasa nada. Que me pasas tú.

El ahora

Le escribo a la duda al tiempo a la calma...
Y al espacio,
que tanto nos separa.

Les escribo y les pregunto,
¿qué les pasa?
Será que jugando a las escondidas
no supieron volver
o descubrieron el futuro
y se convirtieron en cómplices.

Será que todo tiene una razón,
un por qué
y ellos tan solo intentan quitarme las gafas
para así poder entender,
que la vida física es una sola
y que el momento, es ahora
que quien extraña busca,
y de hecho, actúa,
que es más bonito sentir, que pensar,
que el miedo duele...

Pero duele más aferrar
que el amor no quita,
que el amor da,
que es simple,
suave y fácil de llevar,

que más vale una verdad difícil
que una mentira ilusoria,
y que los besos que más llenan
son los que traen el ahora.

Ser

Hablo de las hojas como si las recogiera mientras
caen.
Hablo del aire como si me detuviera a sentirlo.
Hablo del cielo como si me detuviera a verlo.
-Mientras cambia, todo el tiempo... En este momento-.

Hablo de mí como si me entendiera... Me conociera.
Hablo de la risa como si fuera ella.
De la nostalgia como si la viviera,
de los domingos,
de las canciones,
de las personas,
de los valores...
Del ser, mientras no soy.

Tengo un problema

Que el mundo no es tan gigante,
pero la gente me queda grande.
Que las noches son nostalgia.
Que la música ya no hace volar.
Que el invierno nunca llega.

Que los que escriben siempre son tristes
y que la felicidad es tan corta que se cuenta.
Que nos perdimos intentando
y ahora solo vamos caminando.
Que la identidad…

(esa... ya no importa tanto)
Que la gente siempre miente,
que se les olvida vivir, soñar, y reír.
Que vale más un texto que un verso.

Que la palabra es menos importante que un cero.
Que dice más un diploma, que una persona.
Que los relojes siguen... Pero los humanos no.
Que los libros se llenan de polvo.
Que Benedetti no se salvó.
Que traigo un problema, y no abras la puerta.
Soy yo.

Por eso, cuando quieras...
Cuando sueñes, cuando extrañes, cuando anheles,
cuando leas, cuando pienses, cuando comas,
cuando seas, cuando duermas, no olvides que...
Ya estoy rota,
ya tengo grietas.
Pero puedes entrar, dejaré la puerta abierta.

Palabras

Palabras que hieren,
palabras que inspiran,
palabras que dan aliento...
Palabras que lo quitan.
Palabras que hacen llorar,
palabras que regalan sonrisas,
palabras que quedan en cartas,
palabras que jamás fueron leídas.
Palabras que expresan odio,
palabras que promueven ira,
palabras que carecen de sentido... Palabras vacías.
Palabras que llenan el mundo, nuestro día a día,
palabras que se pierden en el silencio
de nuestra mente.
Palabras que se evaporan con la distancia,
palabras que se funden por no ser expresadas.
Palabras, palabras, palabras.
Palabras que forman poesía.
Palabras que quedan y mueren en lo que son:
palabras.

Gracias

A ti, tiempo.
Te vas y me dejas.
Cargada de emociones, ideas, pensamientos...
Me trazas una línea imaginaria,
me impulsas a cerrar ciclos, a comenzar historias...
A diferenciar el presente del pasado
y a crear expectativas para el futuro.
A desear, a soñar, a anhelar.
A planear, a extrañar, a crear.

Me haces creer que la vida me ofrece oportunidades,
que siempre que quiero puedo comenzar de nuevo.
Aunque quizás no sea así.
Quizás solo me confundes...
Quizás cada minuto que transcurre
es la oportunidad misma,
quizás eres la mejor parte de esa línea imaginaria.
(Donde sólo estamos tú y yo).

Te vas y me dejas lo mejor de ti: lecciones.
Te vas y te quiero, te aprendo.
Te vas y te vivo, te disfruto... Te perdono.
Te desconfío, te amo y te odio.
Gracias por ser.
Por darme lo mejor de ti.
Por dejarme cerrar ciclos, abrirlos...
Y vivirlos.

Hoy recordé

Hoy recordé que aún creo en la magia,
en las buenas intenciones,
en los sueños...
en las cartas con olor a perfume,
en el amor bonito,
en las notas a mano
con lindos mensajes por todos lados...
Hoy recordé que aún creo en la espontaneidad,
en las buenas acciones,
en regalar canciones,
en dejarnos llevar,
en todo lo que no podemos ver... (pero sí sentir).
También recordé que aún creo
en las miradas profundas;
miradas que se entienden sin palabras,
miradas que inspiran, suspiran y llenan...
En las caricias breves que inspiran ternura,
en los besos largos bajo la lluvia,
en el perfume de las flores,
en la brisa suave que te roza y te trae al presente,
al ahora.
En todo lo que te mueve, te hace sentir...
En mirar al cielo,
en contar las estrellas, en el amor universal.
Pero mayormente, en mí.

Tengo

Tengo un huequillo en la comisura labial izquierda
que solo aparece cuando sonrío
con ganas.
Tengo un triángulo de lunares en mi cara
y siete en total,
(por si los cuentas).
Tengo una mirada valiente
y una sonrisa que atrapa ganas.
Tengo miedo a las alturas y un sweater negro,
(por si hace frío).

Me apasiona escuchar a la gente
hablar de sus pasiones.
Y no llevo ropa interior,
(de vez en cuando).
Me gusta hablar de más y escuchar de menos
y tengo la piel marcada con tinta negra
(en tres lugares).
Le quiero hacer el amor a la vida en cada esquina, (to-
dos los días)
Me gustan la poesía, el romance y las cursilerías.
Me río de la ironía a sus espaldas,
(por si voltea).
Tengo mil historias, cien excusas y un café.
Tengo muchas palabras, pocos versos y un papel.
Tengo ojos alargados y boca pequeña...
Y disfruto de cosas simples

como ver el mar o las estrellas
Tengo varios sueños por contar
y ciertas metas por cumplir.
Llevo tranquilidad conmigo e intensidad,
(a todos lados)
También me acompaña siempre
un torbellino de emociones.
Y me gusta el sonido de las calles mientras llueve.
Tengo un carácter fuerte
y una mente medio cuadrada.
Y me entretiene el no saber
pero me aburre todo enseguida.
Prefiero el orgasmo con amor,
el vino con pasión y la música sin sentido.
A veces me cuesta dejarme sentir más...
Tengo dos palabras que le robé al mundo, son mías
como huellas dactilares (dejar ir).
Tengo un amor perdido, uno olvidado, uno presente
y otro que no ha llegado.
La vida siempre me enseña cosas
y estoy enamorada de la relatividad.
Tengo muchas cosas que precisar,
muchos aviones que tomar
y muchos momentos que capturar.
Y me tengo a mí con cinco planes
dos esperanzas y tres vidas...
(Por si no llegas, por si te pierdes y por si lo olvidas).

He aprendido

He aprendido que
más vale caminar despacio
olvidarse del tiempo
recorrer alguna piel
y perderse en una canción.
Que no es igual observar a ver
ni escuchar, a entender
que se puede volar sin alas
y hasta llegar a ser héroe, sin capa.

He aprendido que la palabra sin acción,
no dice nada, que el amor
siempre está
y es proporcional al que se da.
Que la razón siempre pierde
ante el sentir
y que las miradas dictan verdad.
Que cada persona es un laberinto
-infinito-
y que el arte,
no es más que pasión.

Que todos estamos cubiertos de capas
que nos cuesta entregar,
que nos cuesta confiar.
He aprendido que la sociedad esta demente

y que todos queremos ser salvados,
que con la puerta abierta nadie se va,
y que el amor
ese..
(se resume en libertad).

Quiero
voltear tu mundo
romperte
acabar con tu razón
(des)ordenar tus ideas tentar tus miedos
protagonizar tus sueños hacerte reír
y correr.

Quiero quebrarte el corazón
aplastarlo
exprimirlo
arrugarlo
y (re)crearlo.

Seré

Seré la luz al final del túnel, tu musa transeúnte
los tres puntos suspensivos anunciando,
que la historia continúa.
Seré tu herida constante tu secreto mejor guardado tu
amor (in)apropiado
y tus días
sin sol.

Tu calma tu recuerdo tu hoy.
Seré tu pensamiento recurrente tu caricia más tenue
el sonido que te gusta
y el sabor
que más perdura.
Tu mirada más profunda
tu gesto,
-inocente-
tu espera más preciada
y el recuerdo que no acaba.
Por ti esta noche, todo seré.

(P.D Te quiero)

Que sí,
que te acercas y me tiemblan hasta los miedos
cuando llegas
me suben hasta las mareas,
y la música pierde su ritmo,
dicen que el amor es libre,
y es cuando menos lo entiendo
porque te quiero conmigo siempre
todo el tiempo.
Que sí,
que pienso en ti y pierdo hasta el sentido,
evado el tiempo,
y sueño
lejos.

Vivir.te

Vivirte,
es quedarme sin aliento
sin sueños
y sin besos
(porque todos me los robas tú)
Es como entender la fusión del cielo y el océano
es convertirse en ola
y ser corriente.
Es mirar la luna y dar luz...
Vivirte,
es afrontar mi mayor miedo
lanzarme ante la duda
ante tus ojos
y ante ti.
Es dejar de ser secreto... y empezar a ser verdad.

Des(TI)no

El viento crea música mientras la luna está creciente
las estrellas brillan más
y la noche aparece
como tú en mi camino,
como las huellas en la arena
como la sombra en la luz
y lo profundo en la marea.
Y tu voz desaparece
y te veo más de lejos
y te siento más distante
y allí es cuando recuerdo...
Que la vida es la más sabia
y que tiene sus motivos,
que tú eres mi razón,
y si vienes
me unirás a tu des(TI)no,
que le pertenezco a tus formas a tus dudas
y gemidos,
que me llevas en tus sueños tus recuerdos
y besos vencidos.
(Esos que nunca, aún caducados... dejarán de ser
míos).

Contigo el tiempo corre lento
el espacio une más
el cielo no es el límite
y mis ojos brillan más.
Contigo el amar es relativo y más aún la libertad, contigo me lanzo al vacío y acabo antes de llegar.
Contigo...
Mi amor,
adivino mi futuro...

Dicen

Dicen que eres irreal
que caminas con un aire nada normal
que flotas
que vas por encima de las hojas
de los mares
de las dudas.
Dicen que vuelas
(mentes, ideas)
que te sobran balas
y siempre que puedes disparas
y los tumbas
y los matas
de sonrisas
con tu brisa cálida
que calienta apresurada
como cuando llega el verano
y hay calor por todos lados.
Dicen que eres como un beso lento
como una fogata que nunca se apaga
como ver un amanecer
o de noche, la lluvia caer.
Dicen que las heridas que dejas jamás sanan
que empeoran
dejan marcas
de tus huellas
de tus balas.

Porque llegas con tu aire
danzas acaricias
y sonríes
luego matas.

Vas

Hablar de ti es como intentar describir lentamente
la infinidad o la relatividad del tiempo, quizás.
Porque vas y te quedas.
Posible
con una lista interminable de virtudes
llena de defectos tuyos
que se cruzan,
se conectan,
se entrelazan
y te crean.
Indudable
la certeza va contigo siempre
y acaba con las dudas y las abraza,
las marea,
las vuelve parte de sí y se van...
Se vuelan.
Indeleble
las cicatrices que dejas se fortalecen,
toman vida y jamás se borran...
Se vuelven ciegas.
Porque vas sin secuencia sin ataduras sin cadenas.
Así vives así sueñas así vas...
Con la marea.

Me tocas como el mar a la tierra,
sin motivos, sin razones, sin esperas.
Me tocas sin tiempo, sin lugares, sin saberlo.
Me tocas sin tocarme;
sin tus manos, sin tu piel, sin tus besos.
Me tocas con miradas, con suspiros, con anhelos.
Me tocas con sonrisas, con tu aire, con recuerdos.
Me tocas sin sentirte...
Todo el cuerpo, muy adentro.

Ahí estás tú

Y de repente,
ahí estás tú
a mitad de camino
justo por encima del pecho
como el nudo en la garganta que se forma
cuando vienes
y tan solo,
eres.

Tan tú que quien no te conoce
no dudaría en reconocerte
por tus huellas
besos
y versos
que dejas
al azar
(sin algún destino final)
Ahí estás tú
de nuevo
en el espacio breve que me separa de ti
en cada momento
en estas palabras.
Ahí estás tú siempre
en mí.

Mejor contigo (que sin ti)

El verte es como un intenso sentimiento…
Como ver el agua y el fuego juntos,
con pasión.

Me hace sentir mil deseos, tres versos
y hasta el corazón.
Me pregunto qué tendrás, que me sube,
que me vuela,
me hace vibrar.

Y eso que tienes algo que molesta
que me llega
que me toca
y me recuerda...

(Que eres eso que no veo en mí)
Que me falta, que me falla, me rodea.
-Y complementa-.

(Y es eso lo que más me lleva a ti).
Quiero quedarme contigo, dejar la puerta abierta
Quiero que vengas a mí...
Porque mejor contigo, que sin ti.

Tú

Tú
que subes a la cima de la más alta nube
tú que cambias días, vidas
tú que llenas almas
-o las dejas vacías-.
Tú
frágil
tenue intermitente
infinita
llena.
Tú
que le ganas a las dudas, las enredas
-terminan llenas de ti-
tanto que... se vuelven certeza.
Tú
tan tuya tan mía.
Tú
mi casa
mi sombra
mi calma.
Tú
valiente
suave
eterna
cómplice
culpable.

Tú
mamá,
-la poeta eras tú-.

Y tengo el día más bonito de todos
porque te veo llegar
repleta de dudas
cansada del día
y aún así sonríes y alegras las vidas.

Qué envidia tendrá la gente
eso tendría yo al no tenerte
porque estás
estuviste
y sé que estarás
en mis horas
en mis días
y en mi vida

En las buenas
en las medias
y en las malas.

Para llenarme de vida
que en parte te pertenece.
No cumples sueños. Cumples vidas.

A mi Hermana

Como la infinidad sin tiempo, el aire sin espacio
como las rosas sin color
o la gravedad sin fuerza
así estaría yo sin ti, pequeña.

Quiero ser el hombro a tus problemas
el pañuelo de tus lágrimas
mil razones de tus risas
y motivos
de tu vida.

Porque me das vida
y me la quitas cada día
cuando nos odiamos
y al minuto nos amamos.

Pero sabes que todo es ficticio
que cuando no estamos nos buscamos
nos extrañamos
nos esperamos
y que te quiero siempre, pero de mi lado.

Mi verdad

A veces cuando te pienso acabo en confusión
porque no estás y eres poesía,
y si llegas
acabas con mi razón.

A decir verdad no sé cómo me gustas más
Si ausente con palabras
con nostalgia con vacíos
O presente con tu aura
con tu calma o tus sentidos.

Llegas
Y subes al abismo de mis más altos miedos,
y les hablas...
(Se vuelven tan pequeños)
Llegas,
y me haces creer.

Paralizas mi mundo con tu aire,
lo haces posible.
Llegas,
y acaricias mis ideas las vuelves realidad.
Llegas,
te desvistes,
te quitas el disfraz,
Te vuelves mi verdad.

Seré breve:
no quiero saber cómo es el beso sin pasión,
el sexo sin amor,
la sábana sin tu olor,
la cama sin ti...
De mi móvil sin tu contacto,
mis madrugadas sin tu voz, mis poemas vacíos
y de mis sueños,
sin que te cueles en ellos.

Te juro que no quiero saber nada de ti, sin mí.
Por eso seré breve:
quédate.

Tengo cinco planes... Y un plan T

Mi plan A es amar, la vida... A todo lo que da.
Comerme el verbo y antes de eso,
decirle al oído que le quedas pequeño.
Amarrarlo, conjugarlo... Para que se rinda a ti,
se una a ti y le sume dos letras más.
Arrestarlo.
Presionarlo y enredarlo.
Decirle que no son cuatro, que son seis.
Que ya no es amar, que es amarte.

Mi plan E es esperar...
Con la calma de quien sabe que está a punto de llegar.
Embarcarme en ese viaje al que me invitan tus señales
y emigrar hacia tu cuello, endulzar hasta tus miedos.
Excitarte el pensamiento
y engancharme a tus deseos.
Escudarte la sonrisa
y enumerar tus lunares.
Evaluar tus heridas
y entrevistar tus cicatrices.
Entretener tus anhelos
y esconderme entre tus sueños... Así, en silencio.
(Sin que te enteres de ello).
Engañarte a medio camino, hacerte enfadar...
Para luego extrañarte y buscarte, encontrarte.
Explorarte.

Mi plan I es insinuarme...
A tu mirada, que me penetra, y no para.

Idear quinientos planes, por si algo sale mal.
Implicarte, en mi arte.
Interrumpirte los besos e incorporarme de nuevo. In-
vadirte de ganas.
 Internarte en mi cama.
Irme, insultarte. Irritarte, ignorarte... Implorarte.

Mi plan O es ocurrir... Lentamente, suavemente.
Orientar tus manos, ocupar tus dedos.
Observarte de cerca, y de lejos.
Opinar cuando dices no puedo, omitir tus defectos.
Olvidarte varias veces al día.
Y hasta odiarte.

Mi plan U es único.
Consiste en ubicar el lugar perfecto para hablarnos
con miradas.
Decirnos las cosas que callan las palabras.
Unir todas las veces que sonríes co(n)razones,
también sin ellas...
Y comernos los paréntesis que nos separan,
de vez en cuando.
Amarte, Amarrarte, Arrestarte, Esperarte,
Embarcarme, Emigrarte, Endulzarte, Excitarte,
Engancharme, Escudarte, Enumerarte, Evaluarte,
Entrevistarte, Entretenerte, Esconderme, Engañarte,
Extrañarte, Encontrarte, Explorarte, Insinuarme,
Idearte, Implicarte, Interrumpirte, Incorporarme,
Invadirte, Internarte, Irme, Insultarte, Irritarte,

Ignorarte, Implorarte, Ocurrirte, Orientarte, Ocuparte,
Observarte, Opinarte, Omitirte, Olvidarte, Odiarte,
Ubicarte, Unirte

Y por último,
mi plan T eres tú.
Menos mal que tú... No sé si me entiendes,
pero tú eres la cuestión.

Movimiento

La poesía no se busca... te encuentra
mágicamente para romperte el equilibrio lo arrastra,
se lo lleva
va contigo siempre en silencio
(sin que te des cuenta)
vive en la oscuridad
y se alimenta del sentir.
Es agua
sed
ilusión
y verdad.

Es inocencia
pureza
y claridad.
Es fortaleza
pasión
y cordura.
Es movimiento
y mejor... ni te dejes llevar.

Volver

Qué lindo es volver a los lugares,
personas,
cosas
que dan vida... y sentido estado natural
como la sangre al corazón que absorbe
y luego regresa con fuerza
y ganas.

Qué lindo es crecer andar
mirar atrás y regresar tomar lo mejor inhalarlo
y tal vez integrarlo
Qué linda es la vida después,
cuando lo malo tiene sentido
y las heridas ya no duelen y son solo adornos
que te recuerdan quién realmente eres.

El arte de la complejidad

Cómo describir tus rincones tus misterios
tus errores
Cómo entender tus verdades tus caminos
tus detalles
Cómo separar uno a uno
tus latidos
tu voz
tus suspiros
Desde que aprendí a entrelazar
y crear
me olvidé lentamente de cada cosa que da forma
y a la vez,
la borra
me olvidé de los limites
y de tratar de entender
miré al espejo
y pude ver
todo lo que nos conforma
nos hace ser
La complejidad es un arte...
Y creo que la acabo de entender.

Lo que soy

Cuando mi corazón late muy fuerte
arde duele
cuando siento un vacío muy grande
cuando llevo el mar por dentro
y el cielo,
volviéndose uno…

Cuando quiero liberar
los mil quinientos pensamientos
que llegan
sin parar
sin pensar
y a quedarse.
Cuando sé
que la vida es una historia
pero vale más cada memoria,
cuando las verdades empiezan
a ser recuerdos
y la realidad
parece un sueño…
Escribo
y me libero.

A veces, la voz no es un don
y las caricias tampoco
a veces, una palabra

salva una vida
o una sonrisa cose un corazón,
a veces, lo invisible es lo más valioso.
Y a veces
una mirada
-refleja lo que soy-.

Pertenezco a un lugar

Qué difícil sonreír cuando todo es tan gris
y no llega el verano,
tampoco estoy a tu lado.

Qué difícil es sentir cuando todo es tan incierto
los minutos pasan lento
y yo espero, no me muevo
mientras las dudas solo bailan en silencio
y lentamente
me llevan al suelo.

Qué difícil es caer cuando se ha tocado fondo
ir más allá
vencerle al suelo
al subsuelo
y la oscuridad

Qué difícil entender lo que no se puede ver
pero sí sentir
y creer.

Me encuentro en la mitad
de esa línea que separa la realidad, de la relatividad
y aunque a veces no sé diferenciar,
sé
que pertenezco a un lugar.

Calma

Amor,
cuando te aferras a mí, te invades de mí,
(y de mi ausencia)
Como ese amor loco, desenfrenado…
Que te trae, te lleva, y te calma
Calma el espacio sin ruidos
sin prisas
Calma tus ganas de mí,
(y de mi ausencia)
Calma cuando respiras piensas, o duermes
Calmado, amor calmado
Amor sin fuentes, ilimitado
Amor rebelde
Amor sin tiempo
Amor galáctico
¡Amor sin fin!
Amor gigante, latente, sonriente
Amor con ganas
Amor de ti
Amor de mí
Amor extraño
Amor confuso
Amor,
aférrate a mi ausencia
porque entre tú y mil amores, sueño con encontrarte,
con vivirte y con tentarte.

Amor, error

Las ganas presentes… Te hablan, se sienten
Las dudas ausentes… Que llegan, te llenan
Y tú tan demente, en la espera…
Paciente
Te invades de mí, me invado de ti
La esperanza aparece.

Suspiras, suspiro
Creamos nuestro mundo
Nos mentimos
Mentimos a trazos, a medias, a engaños
Mentimos sabiendo…
Sin querer, sin creer
Mentimos con fe, nostalgia y suspiros
Nos aferramos a lo que ya fue
Nos tomamos, nos hundimos
Y te extraño, cuando estás conmigo
Y me extrañas, cuando estoy contigo
Y no estás, no estoy
Solo están las ganas…
Repletas de fe, de esperanza
Ganas de quererte, de tenerte…
Ganas… tan solo ganas
Y al azar, darlo todo…
Por amor, o ¿por error?

El no saber

El no saber es un quizás vacío en el aire…
Dejándose llevar, volar
El no saber es como una pregunta, inquieta, volátil,
sin respuesta
El no saber es tan neutral, tan letal, tan tóxico
que te llega, te penetra y te corre por las venas…
Te quita la tranquilidad, se la lleva
Te busca y te deja
El no saber va más allá… No te hace feliz,
no te deja sentir

El no saber simplemente está y no está.
Es como unos sí y no juntos sin espacio
El no saber te jode la vida y se ríe de ti
El no saber es abstracto… Pero yo le encuentro forma
El no saber es juez
El no saber es culpable, también víctima
El no saber lo es todo, y sin sentido
Yo quiero encontrar, quiero entender…
Quizás eres la pieza que falta
pero el no saber no deja ver

1+1

Podría regalarte mil poemas de amor, una flor,
una copa de vino y una canción…
Podría escribir un libro
con todas nuestras historias al azar
Las uniría con frases lindas de Cortázar
No tendría comienzo,
tampoco final
Podría pensar en mí, sin ti en ti, sin mí
en mundos iguales o diferentes…
Que forman parte de sí,
que cada uno es uno
y ambos terminan siendo uno
Que 1+1 es igual a uno
Justo así como tú y yo.
O yo y tú
¿Qué más da?
Podría parar el mundo
para que nos perdamos un segundo
Podría decirle a la luna que te susurre
lo bien que te ves, también a las estrellas…
(Aunque se molestarían y me dirían que tus ojos
brillan más que ellas)
Podría pedirle al amor que te acompañe siempre
y a la esperanza que vaya de tu lado
A la razón que te de las buenas noches
y a la compasión que te levante en las mañanas

Al olvido que se esconda en tu bolso, que se asome
solo cuando lo llames…

Y al dolor, a ese solo le pediría que te deje
y que se busque otra vida
Pero a ti, amor, a ti ¿qué podría pedirte?

Me gusta

Me gusta cuando me ocurres con intenciones...
Y como me haces creer que son sin ellas
Me gusta cuando me mientes
(y recuerdas que leo miradas)
Me gusta cuando lo sabes
Me gusta cuando callas
Me gustas a medias, a escondidas
Me gustas caliente, por las mañanas
(justo como el café cuando hace frío)
Me gustas cambiante, impredecible
Cuando vas sin rumbo, con esperanza
Me gusta como existes...
Donde sea, cuando quiera
Pero me gusta que existas mejor donde te vea
Me gusta cuando me tientas, cuándo me olvidas.
Cuando estás en mis 5 planes
y cuando soy tuya, sin que me tengas
Cuando me recuerdas sin pensarme,
cuando me encuentras sin buscarme,
cuando me hablas sin llamarme
y me gusta cuando llegas sin avisarme
Me gustan tus locuras, tus manías
Tus virtudes, tus miedos, tus dudas, tus deseos
Me gusta como me siento cuando descubro...
(Que lo que más me gusta de ti
 son tus defectos).

Eso

Me gusta eso de pisar y romper los miedos cuando
voy de tu mano -entre varias cosas me gustas tú-
también me gusta eso de perderme en tu sonrisa
y olvidar todo lo que nos rodea en el instante
en que me miras se detiene el mundo
y solo existes tú

Y cómo no gustarme eso de nuestro universo paralelo
donde el tiempo corre lento y el espacio se torna
suave -despacio-
Me asusta eso de que cambies mi mundo
aunque resistí y perdí
Y ahora pasa eso de que quiero perderme siempre
pero solamente en ti.

Tus manos

Se me corren los espacios al escribirte
-o me corro yo- (quizás) las pausas al hablarte
La continuidad perfecta surge al pensarte
y así juegas con mis dedos,
con mi boca,
con mi lengua y con mi mente…
Juegas en mi vida
Luego ríes y bailas danzando
en cada espacio que me ocupa y que ocupo,
(al estar)
Pero solo estoy cuando te pienso
o cuando de alguna forma tengo un pedazo de ti
que se ve, pero tal vez no
Pero juegas…
Y sonríes
Y me matas, luego juegas
Juegas como queriendo, pero sin querer
Juegas como sabiendo, pero sin saber
Con ganas
Y me pierdo
y regreso a tu juego, después vuelo y me voy
Luego llego y corro
-y me corro- y apareces y me quedo
y te vas y aparezco y juegas…
Y me pierdo
En tus gestos

En tus dudas
En tus miedos
Y en tus manos.

Tus manos calientes,
con dos mil grietas cargadas de ganas y esperanzas
Suaves, expertas en hacerse sentir, y creer
Tus manos que saben de memoria
los trescientos dos lugares de mi cuerpo
y dónde y cuándo acudir justo en el momento preciso
donde no existe el tiempo…
Solo el sentir
Valientes, actúan por instinto, se dejan llevar y tocar
Tus manos en mi boca, recorriendo las líneas
que le dan forma, dejando huellas eternas
que se unen y se mezclan,
se enlazan con recuerdos
que se quedan en mi mente…
Horas
Días
Meses
Sabias, repletas de ganas
Tus manos en mi pecho jugando, atacando, debili-
tando
Tus manos en las mías, temblando, confiando,
entregando.

Luz

Y es que encuentro luz a veces,
en esta ciudad que me hizo perder la fe
Esa fe que encuentro al ver la forma
en que caminas cuando te acercas
y me miras de reojo como por encima
(que me hace entender el tiempo ya que voltea...
y te mira)
Que se me pasa rápido al recorrerte
hasta las clavículas
Aunque me entretiene... y me mantiene,
esa manera suave que tienes de mover tus caderas
No tienes que decirme que deletrean mi nombre,
ya lo sé
También sé lo que piensas cuando me hablas
y sonríes queriéndote comer el mundo
(Lo peor es que lo logras)
O cuando te muerdes el labio inferior
O te acaricias la barbilla... como pensando
¡De cuántas almas bonitas está lleno el mundo!
Ya entiendo a la gravedad,
ya entiendo por qué no te quiere soltar
Por como la miras... por lo profundo de tus pupilas
que penetran
y de vez en mil
dan luz.

Sonríe

Y sonríe
que alegras el mundo
que llenas los días
que inspiras personas
que dictas verdad
hazlo con esa manera tuya tan natural
que te queda tan bonita
que…
qué mal que no sea mía
(si tuviera tu sonrisa a lo mejor te aburrirías…
porque nunca se borraría, la cuidaría)
y sí, mejor sonríe,
que no sabes lo que causas al hacerlo
que...
(te juro que si pudieras verte sonriendo
jamás dejarías de hacerlo)

Estás

Ahora y a deshoras en el espacio que te separa de mí
(en este momento y en todos los demás)
Estás, y te quiero en las mañanas
antes de apagar la alarma y de saber que desperté
Te quiero por las noches con la luna colgada
y las luces apagadas
antes que aparezca el sol y sea de día
Te quiero en los días (en mis días)
En el tiempo corto y las distancias largas
En las hojas que caen alrededor de mi casa
En la música cambiante que suena en mi cabeza
En mi auto
En mi espacio
En mi cama
Y en mí

Tu verdad

Se me pasan los días buscando verdad
Comienzo mirando el cielo
Luego a medio camino converso con la fe
Me topo con tu recuerdo y termino
encontrándole en ti
En tu boca, en tu pelo, en tu sexo.
Verdad sin palabras, sin acciones, con sueños, con ga-
nas…
De ser, de estar, de significar
Verdad de ti
Verdad llena de todo, que se siente hasta en la piel
Y en lo más profundo de tus caricias
Y en tu sonrisa, que es tan tuya…
Y me disparas cuando quieres
y me muestras tu verdad, que es mía…
Aunque sólo la lleves tú

Llegas

Simplemente llegas, te dispersas…
Das la vuelta y regresas
Llegas y te vas, tan fugaz, tan tenaz
Te acoplas a jugar, a mentir, a engañar
Y yo te espero, te pienso y te creo
En el desorden constante de todas mis ideas
Vienes a mí y me haces reír.
Y yo que me contagio, me pierdo en el naufragio
Me dejo llevar dentro de tu espacio
Y yo que te hago caso, navego en tu regazo
Vuelves y te vas, tan fugaz, tan tenaz
Y yo sólo espero mientras te quiero
Me enredas en ti, en tu aroma...
En tu pelo
Y yo me acoplo a ti, te espero y te pienso
y regresas, y te vas...
Tan fugaz, tan tenaz.

Vérsame

Vérsame los labios, bajito, despacio
Cerquita y al oído como esos besos
que siempre se anhelan
Vérsame por las noches, cuando veas las estrellas
Vérsame con tu voz sutil, donde sea, cuando sea
Vérsame con todas las ganas que tengas
Vérsame al despertar temprano en la mañana,
cuando pienses en mí…
Cuando veas tus manos al despertar
Esas manos que fueron mías en algún momento
Esas manos suaves que un día escribieron tu nombre
en mi espalda…

Como los niños pequeños
que juegan a escribir con los dedos, simulando,
en todos lados ¿Sabes?
Dicen que el tiempo no existe, que es sólo una ilusión
(Pues de ser así yo decido quedarme por siempre
en ese momento)
Donde al fin comprendía de que hablaba
Neruda, Benedetti o Salinas
Hablaban de ti cuando aún…
Ni te conocían
Vérsame nuestra historia,
la que se llevó tanto tiempo…
La que nos revivía y jugaba y se reía de todo

La que también nos mataba,
nos hería y regresaba solo cuando quería
Pero vérsamela
Vérsame el espacio, despacio…
Suave y tentador.

Así

Así como pedirle a las aves que dejen de volar,
así de imposible sería no perderse
en cada célula que forma tus pupilas
Como cuando llueve y…
las gotas se pierden en los ríos, o en el mar
O cuando sale el sol, e irradia muchos rayitos de luz,
que se pierden y se unen…
Se vuelven claridad
O cuando todas las veces que te pienso te buscan,
te encuentran y…
se duermen en tu pelo
Así como pedirle a la luna que no brille,
que no aparezca en las noches a jugar…
Así de injusto sería no mostrarle tu sonrisa
a toda la sociedad
De seguro quien escribió el concepto de belleza
te soñó antes de hacerlo, te vio y…
Se perdió en las líneas finas que dibujan tu cuerpo
Así, siempre así… Tan sutil, tan letal
Así de fácil se vuelve pensarte y quizás, hasta fatal.

Solía aferrarme a lo invisible
creer en la duda
dejar pasar el verbo acción y abrazar
todas las palabras
Solía pensar en las cimas más altas en las olas en la
hora y en tu espalda
Solía acercarme a los miedos frenarlos y cambiarlos
Solía observar de lejos los tornados no acumularlos
ni llevar tantos dentro
(justo como ahora hago)

De vez en cuando

De vez en cuando miro al cielo, y lo noto
Lo veo
Tan infinito, tan etéreo, tan profundo
Como tu mirada…
Que me toca, me rodea y me abraza, sin palabras
Me hace saber de sus quinientas historias sin contar
Me incluye en un viaje que va mucho más allá
Me grita y me suspira, me une…
Me enlaza, me enciende y me da vida
Y algunas veces, me la quita
De vez en cuando soy alegría.
La absorbo, la rodeo… La doy, la espero
Le digo al oído que aparezca en tu almohada
y se acople a ti
Te espere cada noche y se enrede con tu pelo
Te escuche cada historia e interprete tus sueños
De vez en cuando me vuelvo sed y te anhelo
Te quiero
Espero que entres a mis venas, las tientes y te corras
en ellas
Como la lluvia cuando corre por tu espalda
intensamente, sutilmente
De vez en cuando la pasión pelea con la dulzura
Ambas me miran y me suspiran
Me dicen que no eres tú
Que son tus dedos

Que son tus manos
Que es tu pelo
Que son tus ojos, y tus anhelos
Que es tu sonrisa, y sus historias
Que es tu espalda
Que es tu sexo
Que es tu alma, tus pensamientos
Pero que no eres tú
De vez en cuando no te espero.
Porque te entiendo.
Porque lo acepto
Porque soy libre.
Porque te quiero
De vez en cuando no estás
(Y eso que cuando no estás es cuando más te tengo)

Vida

La vida corre y vuela se mueve
mientras nos atrasamos en la espera
con ansias de ganas de alegría
La vida pasa y no espera
se roba noches
regala días
nos pasa
nos ahoga en un mar inmenso de dudas
nos engaña
Te quiero así inestable quieta turbia continua
¿Será que nos pasa? O más bien le pasamos a ella
Vida, me das
y te llevas
Tan fría que quemas
Vas de mi lado como si nada...
como si fuera viernes
como si la vida, no fueras tú.

Te descubro

Siempre quieres protagonizar
Queriendo ser quien lleva, y no quien se deja llevar
Siempre de la misma forma
Suave, sexy…
Intensa y penetradora
Siempre formas parte de eso que no se mueve,
tampoco se ve ni se toca
Cuando apareces ya no te vas,
pero tampoco te quedas.
Solo estás
Tienes mucho magnetismo
Pues es muy obvio ¿no?
Si obtienes lo que quieres,
en el instante en el que lo desees
Y te Erizo y te Rozo y te Obstruyo y te Toco
y te Invado y te Sigo y te Miro y te Ocupo
(y uno el comienzo de cada uno de esos verbos y…
te descubro)
Las corduras perdidas deben quererte tanto
Ya que es debido a ti que se sienten tan libres,
amor.

El odio del amor

Y esta rara relación del odio, del amor
Porque me buscas y corro, porque corres y te busco…
Y es tan así tan no, tan sí tan todo, tan nada,
tan tú… tan yo
Porque estás y vivo en sueños, porque te vas
y toco el suelo,
porque si vuelas alto me hundo,
y si te hundes subo lejos
Porque te puedo y no te quiero
Porque te quiero y no te puedo
Y esta rara relación de amor odio
Porque es tan así, tan blanco, tan negro
Sin matices, sin texturas, con anhelos, con abrazos,
con poesía, con prisa
y con miedos.

Nunca es demasiado tiempo

A veces me pasas como un golpe fuerte,
como una aguja punzando el alma
como romper en mil pedazos la nostalgia, ¿querer?…
¿odiar?

Qué decir cuando las palabras corren,
se esconden y callan
(quedan por debajo de lo existente, se rinden,
se vencen)
Mientras el espacio vacío muere de ganas de saber,
se siente tan lleno que…
No logra entender
que todo carece de sentido
que el orden siempre da lo mismo
que soy que estás
que te siento tan dentro de mí en tu ausencia
que mi hora favorita siempre serán
las seis y cincuenta
que no hay sol más bonito
que el que llevas en tu mirada
y que la vida no espera, pasa
Que me pasas. Que me estás pasando
Que lo único cuerdo eres tú
Que mi mundo tiembla, corre, salta
Que no sé llevarlo
Que me pierdo, me disperso

Que no sé pararlo
Que eres fuente luz pilar casa
que me haces querer estar, querer llegar
Que me di cuenta tarde
Que nunca es demasiado tiempo
Que aún sin saberlo, mi sitio favorito
siempre has sido tú
Yo no quiero encontrarle a todo sentido
yo quiero mil atardeceres contigo
quiero que me pases que le pasemos a todo
al orden a mis horas exactas a tus determinaciones
a mis astros a tu guitarra a mis manías raras
a tu todo o nada
al mundo al sentido
a las palabras
a mí

Miento

Y la verdad es que no
No te echo de menos
No extraño esa manera tuya de sonreírle al mundo
ni la voz que pones al pedirme a besos
que no me vaya
ni esa forma de mirar que te delata
mientras me contemplas (de lejos y de cerca)
Tampoco extraño tus llamadas de noche
ni el calor de tus manos
o el abismo que llevas contigo
Es que esto no es una carta de amor cariño,
es una carta de olvido.
Pero sí
Ya me olvidé de tu pelo
y de tus mentiras
y de la forma que tenías de bajarme el cielo.
Ya me olvidé de tu nombre
del lugar exacto
de tus lunares
de la línea que formas con tu boca
y de los versos que llevan tu nombre
También de tus heridas de tus errores
de tus manías
No te echo de menos
Te echo de ganas
Ganas perdidas de triunfar tus batallas

Pero sé que me conoces
que te sabes de memoria mis lugares
que vendrás en este instante porque sabes bien
que entre tanto más y menos a veces me confundo
y miento.

Lo que nunca me atreví a decirte

Me quedé con tantos verbos y palabras vacías
que morían de ganas de volverse acción.
Los cubrí de miedo y los pinté de negro.
Los guardé todos juntos en un lugar profundo
al cual suelen llamar
-corazón-
Me vestí de orgullo y disfracé de juez, los juzgué…
Los cuidé.
Lo que nunca me atreví a decirte
tiene que ver con el cielo, que pasaba horas observán-
dote, se perdía y cuando volvía,
recordaba cada día que la perfección
la llevabas en tu mirada
Lo que nunca me atreví a decirte
tiene que ver con mis besos,
al tocar tus labios se sentían inmensos,
se cargaban de esperanzas, de alegrías y de ansias
Lo que nunca me atreví a decirte
tiene que ver con mi cama,
que cuando estabas sobre ella
contaba los minutos y los alargaba...
Deseaba tener un poder que los volviera eternos
y así desaparecer el tiempo
para que no te fueras, para que te quedaras.
Porque moría de ganas cuando no estabas.
Lo que nunca me atreví a decirte

tiene que ver con mi pelo,
que le encantaba sentir tus manos suaves...
También cuando lo acariciabas y despeinabas
para luego burlarte y sonreír
Lo que nunca me atreví a decirte
tiene que ver con la lluvia,
que te veía siempre cuando caía sobre tu ventana,
se perdía en tu imagen
y lentamente corría por el vidrio,
sentía nostalgia al pensar que tan vacío sería
llover sin ti...
Que aún no lo sabes...
Porque nunca has visto la lluvia, sin que estés allí.
Lo que nunca me atreví a decirte tiene que ver con
mis dedos, que sienten una corriente extraña
cuando están cerca de tu piel, que lleva una suavidad
que los debilita y fácilmente les hace perder el control,
también la razón.
Lo que nunca me atreví a decirte tiene que ver
con la radio, que está llena de canciones
que no son tuyas...
Pero que sólo hablan de ti.

Lo que nunca me atreví a decirte tiene que ver
con mis lunares, que esperaban siempre atentos para
descubrir las galaxias que plasmabas con tus besos.
Lo que nunca me atreví a decirte
tiene que ver conmigo...

Porque he tenido miedo contigo,
y miedo de ti.
Y entre tantas cosas

logré recordar a qué se debía esa extraña angustia,
que aparecía cuando intentaba compararte
con la palabra todo.
Pero es muy simple,
[porque tú
lo vales]

No seré breve

Y no seré breve.

Porque quiero que te quedes, que te entregues,
porque sí.
Porque me gusta verte.
Porque me gusta cómo cantas
cómo duermes,
cómo bailas
Porque me gustan tus bobadas
Quédate
Esta vez seamos como espacio, sin tiempo.
Separemos cada letra que conforma el verbo
Creemos laberintos y perdámonos en ellos
Porque sí
Porque quieres
Porque quiero
Pero no seré breve, porque creo
Porque te veo y quiero parar el tiempo
Decirle que se quede así, en cero
Disfrutarlo,
Pausarlo…
Mirar desde su perspectiva para entender
por qué a veces se pierde y se emociona,
se alegra el día, y se llena de luz
Pero sí, muy fácil, ya lo entendí…
(Todo sucede cuando te ve venir)

No me hables

Mejor quédate así, sin decir nada
Tus ojos me hablan e interpreto tus miradas,
con palabras
Algunas veces es necesario soltar,
como cuando sonríes y…
Dejas libre tu mirada
Dejar que el aire haga su trabajo…
que la brisa lleve todo lejos
Dejar que la humedad evapore los momentos
Que la lluvia arrastre los recuerdos…
que el mar los disperse y quizás, hasta refleje
Mejor quédate así… solemne, confiada
Como el tiempo, que sabe que no existe sin espacio
También como los árboles…
que esperan cada día a los pájaros llegar y quizás,
hasta cantar
Mejor no te quedes así… ilusionada.
Mejor vete, y baila.
Mejor llora o quizás, mejor canta
Y mejor, aún mejor…
No me hables, con miradas

¿Quién diría?

Que las horas pasarían que el jamás no existiría
que las hojas caerían...
Que los recuerdos vuelan alto
que las sonrisas nunca acaban
que la eternidad es hoy,
que me adueñé de tus miradas
Que todo gira, sube, llega,
(pasa)
Que fuiste mi siempre por un momento
que tengo marcada tu cicatriz…
en mi cuello
que vivirte es mirarte
que borré tus huellas...
que abracé tus miedos.
Que no quiero que no estés
Que me quedé sin palabras
Que río
Que hablo
Que escribo
Y que nada de esto es cierto.

Días de días

Y dime, ¿hoy de qué vas?
De días fríos donde no paras de pensar
De días frágiles donde te invades de ansiedad
De días felices, con degradaciones… Y hasta matices
De días calientes, soleados, vivientes
De días fértiles con muchas flores, con canciones
Días de esos… inspiradores
Días de días. Llenos de ganas, llenos de ira
Días que buscan miradas y que se encuentran…
(Se vuelven nada)
Días que lloran risa
Días que llueven señales…
que te rodean, que te invaden
Días disfrazados de poesía
Días de abrazos
Días de versos
Y hasta de besos
Días de días, donde te espero, donde te busco…
Donde me encuentro

¿Qué tal?

Y, ¿qué tal si te veo?
Si te digo lo que siento
Que lo siento, pero que no me arrepiento
Y ¿qué tal si me miras?
Si me subes, si me bajas, me dominas
Y ¿qué tal si lo acepto?
Si te creo, si te huyo, si te quiero
Y ¿qué tal si te escribo?
Si te extraño, si te busco, si te olvido
Y ¿qué tal si me anhelas? Por las noches, te desvelas
Y qué más da
¿Qué tal si sonríes?
Con miradas, con destellos y sin prisas

Verte

Te veo venir con ese aire tuyo tan letal
que me pierdo
(Y te busco pero… tu aire me mata y de nuevo,
te veo y me pierdo)
Intento pensarte y eres tan grande que ocupas
todo el espacio, en un momento
Te quiero describir pero eres tantas cosas que,
me enredo
Intento esperarte pero me haces soñar hasta que,
me duermo
Cuando te beso mi corazón late rápido y se queda,
sin aliento
Cada vez que te miro me haces sentir tanto que,
me quiebro
Y cuando te toco es… tan simple, tan profundo
Mejor no describo cómo es tocarte
Mejor me voy a lo siguiente
Mejor hablemos de verte. De verte siempre
(Sin tenerte)
Porque duele tanto, tanto verte,
que prefiero mil veces soñarte (Y que no existas)
A verte
Sin tenerte

Supongamos

Supongamos que no te echo de menos
Que los días siguen iguales cuando no estás…
Que el sol irradia la misma luz y la misma felicidad
Que escuchar John Mayer y esas cursilerías
me alegran la madrugada.

Que ya no anhelo toda esa calma
que me transmite tu voz y que cuando veo tu sonrisa
mi corazón no se arruga.

Que la mitad de mis cigarrillos no llevan tu nombre
y que mis ojos tienen el mismo brillo sin ti.
Supongamos que mis manos ya se olvidaron de la
suavidad de tu pelo.

Que ya no te recuerdo, que nunca pienso en ti.
Que no quiero que vengas cuando hace frío y que…
Mi cama no está vacía,
no está sin ti.

Es domingo

Que sí
Que es domingo y el día esta gris (como todos)
Está opaco, lleno de nostalgia.
Y en el camino llega la lluvia de recuerdos
Y suena la música triste,
mientras me rompe más por dentro
Que no es domingo.
Sino el día triste de la semana.
El día que la calle vende más comida.
Y se rentan más películas de (des)amor
Pero que no...
Que te aseguro que no es domingo
Es el día más lento de todos
Y el más lleno de amor y odio
Es el día de tener una cita
Y de conocerse por primera vez
De hacernos los duros y engañarnos, no gustarnos
Y no es domingo
Es el día que te rompo el corazón
Y corres a buscar los pedazos
Y todo te recuerda a mí
Y no es nostalgia
Te aseguro que es un día
Es domingo

¿Por qué será que el olvido nos recuerda la ausencia?
Nos tumba
Nos golpea
Nos rompe
Nos enreda
¿Por qué será que la nostalgia nos recuerda
a los domingos?
El gris a la tristeza, la muerte a la poesía
y las noches...
Esas solo me recuerdan a ti

Una idea

Me enamoré de ella como creyendo, sin querer
Predecible
como los suspiros…
Que cuando ocurre el aliento se va, se vuela
Me enamoré de ella por su magia,
su forma de envolverme…
De tocarme y de quedarse en mi mente horas, días,
meses, siempre
Me enamoré de ella con sus mil facetas,
sus dos formas y con su único aspecto
Intocable
Como las palabras, el espacio…
El tiempo, el aire y hasta los pensamientos
Me enamoré de ella y de sus historias, de sus dudas,
de sus lamentos
De su dulzura, y de su brillo
Irremplazable
Como sentir, como escuchar, como hablar,
como oler y como ver
Me enamoré de ella confiando,
rebuscando y entregando
Me enamoré de ella como jugando, como esperando
Como retando a ver quién gana menos o quizás más
Abstracta
Como un cuadro…
Que cautiva, envuelve y atrapa

Me enamoré de ella y de sus lunares
También de su boca, que desboca
Impaciente
Como las ganas, que van siempre desenfrenadas
Me enamoré de ella y de su mirada, de su sonrisa
y de su espalda
Indescriptible
Como el deseo
No me enamoré de ti, pero sí de ella…
Por ser perfecta, por ser tan ella
Por ser solo eso, una idea

Grietas

Siempre me pregunto qué esconden las grietas
Si están felices, tristes, cerradas o abiertas
Si tienen historias, si esconden memorias
Si van contigo como heridas, si ya están curadas
y son solo cicatrices marcadas en tu piel.
O si nada más las llevas por dentro…
Y no se ven
Yo quiero encontrarlas, quiero sentirlas,
quiero tocarlas y… (quizás curarlas)
Quiero saber si las piensas, si retumban en tu cabeza,
si aún arden… ¿O qué?
Porque las personas rotas tienen grietas
Porque las grietas esconden vida
Porque la vida te empuja y produce heridas
Porque sí
Porque te quise, herida
Porque te amo,
cicatriz.

Aquí

De no ser por esas veces que paso horas perdida
en mí, buscándome, queriéndome quizás
De no ser por esas veces que me creo egoísta
por pensar primero en mí y darme todo lo que dejaste
ir que botaste, que perdiste y quebraste
De no ser por esas veces que intentabas enseñarme
que el valor es personal,
que va más allá de lo superficial.
Que el amor que me doy es proporcional
al amor que soy, que doy que te di
De no ser por esas veces que te alejabas de mí,
para hacerme entender que no eras tú
a quien extrañaba…
-Era sólo al reflejo de mí-
Y de no ser por ti, no estaría aquí
Queriéndote, pero…
Queriéndome más a mí

01:36

Me he dejado llevar y me he perdido en la vía
Me he encontrado contigo, (a medio camino)
y he vuelto a mí
He visto al color negro teñirse de blanco
y a ese blanco llenarse de mí
Te he mirado sin verte, te he leído la voz
He dormido en tu karma, y hasta en tu cama
Me has decepcionado cinco veces
y diez más te he llamado amor
He jugado contigo, te has reído de mí
Me he perdido en las estrellas
y te he extrañado incluso allí
Me has envuelto en tu sonrisa
y he viajado con tu voz
Me has dicho que sueñe lindo…
(Pues he soñado contigo)
Te he dicho que te quedes
y me has hecho ver
que dejar ir es otra forma de volver a tener
He corrido contigo, y me he corrido por ti
No me cabes en un sueño y…
Menos mal que es así.
(Porque te quiero real
y no en cualquier escena,
protagonizando por ahí)
Te he besado en la frente

Te he besado en privado
Te he besado contigo y hasta en mi mente…
Pero sin ti
Te he soltado la mano
y es cuando el viaje ha comenzado.
Porque contigo fui todo,
menos yo.

Rosa

Y miramos al cielo cada día
Esperando que sea rosa
o quizá algún otro color que nos haga olvidar el caos
que nos rodea que a veces está lleno de polvo
y su color se torna gris
Así es como funcionamos nosotros,
los humanos nos perdemos en sueños
mientras creamos
(aquella realidad que tanto anhelamos)
mientras caminamos por el suelo gris, descuidado
Pero sí, así es como funcionamos
nos aferramos a la ilusión y a veces la perdemos
Y la música nos trae de vuelta
y las personas
y los recuerdos…
Y el color rosa nos espera
quiere que volvamos y lo encontremos.

Aún me quedé con ganas

Ya no me queda tiempo ya no me sobran ganas
ya no escribo tan seguido ni te pienso con nostalgia
ya no recuerdo tu ausencia tampoco espero
con ansias
ya la vida corre lento con libertad y sin pausas
Y es que me olvide de ti justo en nuestro comienzo
y es que te borre de mí en el mejor de los momentos
Ya sé que las mentiras terminan siendo verdad
también sé que las estrellas están cerca
y se pueden tocar
ya sé que la magia no es solo ilusión…
ya te sé de memoria y me sé tus distancias
ya me sé el camino exacto que me lleva hasta tu alma
también sé mil maneras de llegar a tus anhelos
ya te recorrí en segundos
ya llegué
a lo más profundo
de ti,
de tus sueños y aún me quedé con ganas de saber
todos tus secretos…

Te hiero suavemente el pensamiento y la memoria
sin querer y sin saber sin prejuicios y sin miedos
te hiero en las distancias tratando de alcanzarte
y es que vas en otro tiempo y nos separan 5 planes…

No te vayas

De mi pasado,
con los (im)perfectos errores que nos trajeron
a lo que somos
ni de mí hoy
no quiero que te ausentes
de mis momentos
lugares
y planes
no te vayas de mis sueños
ni salgas de mi mente
ni recuerdos vencidos
malos
e hirientes
no te vayas
que te quiero presente
en cada atardecer
de mis días sonrientes
no te vayas
ni salgas de mi espalda
que sabe de memoria tus huellas
y el recorrido que hacen
no te vayas un domingo
ni por las mañanas
no te vayas cuando llueve
ni cuando sale el sol
no te vayas de mis besos

(ni vencidos...ni pendientes)
no te vayas
sin mí,
en tu futuro presente.

Te encuentro en el aire
en el ruido
en las hojas
te encuentro en las luces en las plazas
y en lo frío de las personas
te encuentro caliente sonriente
y tan encantadora
te encuentro presente
y tan llena de ti dondequiera que busque
te encuentro sólo a ti

Fuimos

Fuimos ganas
sed
y agua
fuimos fuego
cenizas
y pasión
fuimos palabra
verbo
y acción
fuimos besos
versos
y cartas de amor
fuimos pasado
presente
y futuro
fuimos verdad
mentira
y convicción
fuimos secreto
reto
y ego
fuimos mariposas
nervios
y emoción
fuimos primeras veces
orgullo
y ternura

fuimos ilusión
apego
y confusión
Fuimos eso
que llaman amor.

Tregua

Vengo en son de paz
con las manos de blanco
solo vengo así
muy de vez en cuando
vengo sin cadenas
sin refuerzos
y sin penas
vengo de reojo
pero observo todo
vengo suavecito
con cautela
y discreción
vengo sin aliento
con ternura
y con voz
vengo a distraerte
y llenarte de besos
vengo a darte
un shot de tequila y
de lamentos
vengo de mañana
por si el día acaba
vengo por encima
de tu ego y tu rencor
vengo despacito
para que recuerdes

mi olor
y vengo a proponerle
una tregua
a tu amor.

Déjame

Déjame ir
pero corre a buscarme
déjame verte
hacerte
y deshacerte
déjame gritarte
y suspirarte
déjame quererte
hoy
mañana
y siempre
déjame decirle al mundo
que me llenas de ganas
y que somos dos
déjame decirte a besos
que el futuro, es incierto
déjame ser
pero contigo
déjame tatuarme tu nombre
en mi más profundo recuerdo
para no olvidarte
y que sea eterno
déjame borrar tus lágrimas
y dibujar la más grande sonrisa en tu cara
déjame invadirte de ansias
déjame entrar esta noche

en tu cama
y en tus sueños
y déjame rozarte lento
y olvidarme
de tu pelo.
Deja que mis palabras te abracen
y den aliento
deja que la música
te haga feliz por un momento
deja que mis recuerdos
te traigan paz
y calma
déjame por las mañanas
pero no me dejes con ganas
y deja que el amor siempre
te lleve a mí.

Mi adicción

Tu amor es trágico y mágico regala risas y también
llantos
tu amor es loco, raro y de a ratos que quita paz
y regala vida
tu amor es fuego, lento y frágil que quema por dentro
invade de besos y buenos momentos
tu amor es cálido y frío es comienzo
y final
es duda…es verdad tu amor es injusto egoísta y capaz
tu amor es pecado es calor y comprensión tu amor es
mi droga y el bajón … mi adicción.

Pase libre

Te regalo mis recuerdos y pensamientos
junto al azul del cielo y una canción de Eros
Te regalo la luz del sol
ya que la luna es muy cliché
para que te despierte cada mañana
(con una sonrisa en la cara)
Te regalo mi más pura calma
esa que muchas veces te di, pero no la olvides…
guárdala
Te regalo mil palabras de aliento para que las uses,
en tus malos momentos
Una noche de vino y charlas con jazz besos y versos
Te regalo mi más dulce mirada y cinco abrazos
por si algún plan sale mal
Y te regalo un pase libre a mi universo paralelo.

Y esta vez

Y esta vez ya no es domingo ya no es nostalgia
el cielo no está gris y las canciones…
ya no hablan de ti
Esta vez no espero tu nombre en mi móvil esta vez
no pienso en tu ausencia ni en tus huellas tus
gemidos, ni suspiros…
Esta vez todo cae en su lugar esta vez la espera
toma una siesta, que dura toda una vida entera
Esta vez me quito los miedos
esta vez me invado de mí
me creo tranquilidad y espero libremente por ti
y sí,
ya sé que la vida es bella… pero también sé
que la (b) está de más.

Vives en mí

Como el azul y el cielo el fuego y la pasión el agua
y la corriente la música y la voz
El amor y la libertad el blanco
y la verdad los recuerdos y las palabras… vives en mí

Como los besos, esos
shh…
te tengo un secreto
(que saben mejor si son de tu boca)
o las risas que me das sin buscar, sin pensar

Como las grietas, las heridas y las huellas
con sus historias y sus memorias que pasan
y se transforman justo como tú…
que vives en mí.

A veces

A veces te quiero a escondidas, por las noches
cuando estás a medias
y con ganas
entre mi cama y mis sábanas donde te desvistes
para contarme tus verdades tus anhelos
y tus planes
A veces te quiero a medias,
por las mañanas
cuando no estás y dejas señales que me marcan
y me avisan
que subes de escala cada día
y que es probable que llegues a la más alta por tu aire
por tu tierra
por tu calma.

Lo fácil de cuando vienes

Lo fácil de cuando vienes es la felicidad
que traes contigo, mi amor,
que la repartes
y me dejas gran parte
y las horas que pasan sin detenerse a pensar,
ni a observar
y ni hablar de los minutos
que corren, huyen de la realidad.
Lo fácil de cuando vienes son los vacíos
que llenas al estar y la forma que tienes
de romperme los miedos
y cortar las barreras que nos limitan a ser.
Lo fácil de cuando vienes es el tiempo que me das
y las dudas que te llevas,
te ríes de ellas
ya sé que entre tanto ir y venir pierdes el norte
Y por si lo olvidas,
lo difícil de cuando llegas, es,
cuando no te quedas.

When I say you, I mean only you

Te encontré sin buscarte, como la luna a la luz
o mis dedos, a las palabras.
Perdí todas mis batallas
mientras tus demonios las ganaban,
y luchando contra los míos
fue que me encontré contigo
Navegué en las profundidades de mi ser
y justo allí
fue donde te encontré.
Aunque ya me esperabas,
lo sé desde que te vi por primera vez,
tu mirada dictaba mil palabras,
y la mía
tan solo sonreía mientras entendía
que el amor no tiene barreras
y que la libertad es nuestra bandera,
que tengo 105 besos guardados
y todos llevan tu nombre,
que tenemos el puente más bonito que existe
ya que borra las distancias y las convierte en luz
que cada vez que me miras
se detiene la música
y sólo estas tú
& when I say you,
I mean only you...

I

Y que le den a la cordura al sentido y a la coherencia
que le den a las galaxias a la tierra y al país
que le den a tus miedos a tus dudas y lamentos
que le den a tus lunares tus palabras y a tu voz
que le den al conformismo a la distancia y al tiempo
que me den a mí…pero que me den de ti

II

Que me den de tus manías tus suspiros y sonrisas
que me den de tus caricias de tus logros y tu paz
que me den de tus lugares tus anhelos y tus gestos
que me den de tus destellos de tus brillos y tu luz
que me den a mí…que quiero invadirme de ti.

No es lo mismo

¿Y cómo no amar toda esa confusión
que traes contigo?
o las dudas que llevas que te siguen y rodean
¿Cómo no unir tus espacios vacíos?
Mi amor, es que yo quiero llenarlos contigo
Dime cómo explicarle a la certeza
que te siento aquí aún en tu ausencia
y al odio y al amor que son uno,
que ya no tienen distinción
¿Sabes?
Quien no te conoce no puede hablarme de paisajes
y sí,
sé que es de noche y que es domingo justo el día
donde mis emociones se asoman y cruzan el semáforo
en amarillo y ahora que lo escribo, también recordé
que soy feliz sin ti (aunque sé que no es lo mismo).

Poesía de buenas noches

Quiero susurrarte al oído que me encanta
nuestra historia que la palabra engaño es su bandera
-ya que el amor está en negación
y le encanta jugar a los disfraces-
Quiero hacerte saber que los besos que no te di
se los llevo el aire y los disfrutó el mar
Que me gustan más tus buenos días
aunque siempre espero tus buenas noches
pero a decir verdad no quiero que me las desees
quiero que vengas…
(y me las des).

Te he visto

Te he visto volar por encima de los días
te he visto llorar reír
y ser
Te he visto apostar miradas
lamer heridas,
hasta curarlas
Te he visto caminar sin rumbo
hablar con pasión
ser feliz con un recuerdo
y crear armonía,
con tu voz.

He visto como cuando estás, todo cambia alrededor
Te he visto correr,
te he visto volver
Te he visto jugar con fuego
romper el hielo, de cerca
también de lejos
(interminables las veces que te he visto)
justo como esas donde solo te desvisto.

Ven

Déjame contarte lo bonito de mis días,
ven despacio... y aprecia toda la vista.
Te invito a escuchar mis confusiones al hablar
-pero lo siento, es que soy a destiempo-
Déjame explicarte el arte de la simplicidad
a entender las dudas
a vencerlas... a volverlas nulas.
A reírnos de la distancia
y a regalarnos mil suspiros
Ven
con tus distancias largas, con tus planes,
a tu ritmo
Ven,
sigamos con el juego de miradas
rompamos el tiempo
y déjame explicarte
que si hablamos de lugares favoritos
el mío
sin
duda
(serías tú).

Porque no sabes disimular

Dime qué piensas
qué escuchas,
qué cuentas.
Dime tus verdades háblame de tus lunares
y de todas las explosiones esas
qué tanto llevas por dentro
qué te gusta
qué detestas
qué disfrutas
Anda... dime qué piensas antes de dormir
y justo al levantar,
pero venga, no me digas de más
más bien quédate así
y que el misterio se apodere de ti.
Cuéntame de cómo le hablas a la luna
o como haces para volverte música y poesía
-de vez en cuando-
Ven... y cuéntame al oído
(porque no sabes disimular).

Plan ven

Tuve cinco planes un te quiero y un plan T
Tuve siete viajes dos maletas y un café
Tuve varios vinos varias noches
y besos perdidos
Tuve ya personas varios sueños, muchas cosas
Tuve vida calor y frío
tuve celos cenizas caídas y sexo vacío
Tuve el alma rota a pedazos
casi sola
Tuve triunfos grandes
varias hojas
y palabras
Tuve todo en mí
Tengo todo aquí
Pero nunca esta demás
Tener un plan (ven)...

No me vengas con idas

Que no,
que no es cuando llegas...
Es más bien cuando te quedas
y subes al abismo de mis pupilas,
que se agrandan
y dan vida
Que no,
que no es cuando te vas...
Es más bien cuando regresas
y bajas y bailas con mis demonios,
los haces sentir cómodos
Que no,
que a mí no me vengas con idas
y menos
si esas no son de las que traen vueltas.

Mi cura y mi enfermedad

Me das aliento pero me quitas aire
Me das luz y me quitas sombra
Me das presencia y me quitas espacio
Me das esperanza y me quitas ganas
Me das la vida y te la llevas...
(Cuando quieras)
Vuelves y nace la angustia... Te vas y muere la paz
¿Estar o no estar? ¿Pensar o no pensar?
Vivir, respirar... Sin mirar
Soñar,
creer,
luchar
Pertenecer a un lugar.
Estar aquí,
allá
Dejarse llevar...
Sin pensar
eres mi cura
y mi enfermedad.

No vuelvas

Me dueles en cada suspiro y en cada latido
que se niega a que no estés aquí
y me dices entre besos que me quede
(pero no me lo digas así, que me muero un poco)
y el olor de la almohada me recuerda a ti
y me dices entre versos que te olvide
(mientras todo me lleva a ti)
y lo veo y lo siento y lo creo
y me matas con el veneno de tus palabras
y juegas con mis mareas las subes las bajas
las llenas de tu alma
y te quiero y lo niego y no quiero
pero la simplicidad es así
y no vuelvas que no te quiero aquí
no vuelvas
(si no es para quedarte junto a mí).

Y llega el amor a bajarte de la nube más alta
a romperte los sueños a derrotarte
a jugar con tu ironía
y convencer todas tus dudas
Ese amor que te besa las heridas
y te envuelve llega a darte un golpe tan fuerte,
tan noble que te revive te llena de ganas
(de luchar todas tus batallas)
te llena de vida también de esperanza
te hace crecer y creer
ese amor tan puro y tímido que has llevado siempre
en ti
amor, ya es hora…
Ven… ya puedes salir.

ÍNDICE